MURATHAN MUNGAN
TİMSAH SOKAK ŞİİRLERİ

21 Nisan 1955 İstanbul doğumlu. Ankara Üniversitesi Dil ve Tarih-Coğrafya Fakültesi Tiyatro Bölümü'nü bitirdi. İlkin çeşitli dergi ve gazetelerde yazıları ve şiirleriyle görünen yazarın ilk kitabı 1980'de yayımlanan *Mahmud ile Yezida*'dır. Daha çok şiirleri, hikâyeleri, roman ve oyunlarıyla tanınan Murathan Mungan aynı zamanda radyo oyunu, film senaryosu ve şarkı sözü yazdı. Çeşitli alanlara dağılmış yirmi yıllık çalışmalarından yaptığı özel bir seçmeyi *Murathan '95*'te topladı. Şiirlerinden yapılan seçmeler Kürtçeye çevrildi: *Li Rojhilatê Dilê Min* (Kalbimin Doğusunda) ve 2007'de yayımlanan *Balgifa Mar* (Yılan Yastığı). Dünya edebiyatından öyküleri bir araya getirdiği seçkiler hazırladı; çeşitli yazı ve denemelerini kitaplaştırdı. 2000 öncesinde çıkardığı tüm şiir kitaplarını içeren *13+1* toplamından sonra 2002 yılında ilk romanı *Yüksek Topuklar* yayımlandı. 2005 yılı için hazırlanmış özel bir basım olan *Elli Parça*, Mungan'ın ileride kitap olarak yayımlanacak çalışma dosyalarından farklı türlerde parçalar içeriyor. En yakın tarihli kitapları, şiir kitabı *Dağ* (2007), hikâye kitapları *Eldivenler, hikâyeler* (2009), *Kadından Kentler* (2008), şiir kitabı *Bazı Yazlar Uzaktan Geçer* (2009) ve deneme kitabı *Hayat Atölyesi* (2009). Metis Yayınları, yazarın kitaplaştırdığı bütün çalışmaları bir külliyat olarak yayımlamaktadır.

Metis Yayınları
İpek Sokak 5, 34433 Beyoğlu, İstanbul
Tel: 212 2454696 Faks: 212 2454519
e-posta: info@metiskitap.com
www.metiskitap.com

Metis Edebiyat
Tımsah Sokak Şiirleri, Murathan Mungan

İlk Basım: Eylül 2003
Üçüncü Basım: Mart 2010

Yayın Yönetmeni:
Müge Gürsoy Sökmen

Kapak Tasarımı: Sadık Karamustafa

Dizgi ve Baskı Öncesi Hazırlık:
Metis Yayıncılık Ltd.

Baskı ve Cilt:
Yaylacık Matbaacılık Ltd.
Fatih Sanayi Sitesi No: 12/197-203
Topkapı, İstanbul Tel: 212 5678003

ISBN-13: 978-975-342-432-5

MURATHAN MUNGAN
TİMSAH SOKAK ŞİİRLERİ

İçindekiler

SEVGİLİM

Sevgilim,
yetimim benim,

aylar nasıl geçiyor zaman hiç geçmezken

kapılar kapalı, dünya buzlu cam
uyuşmuş gözlerimin önünde
hayat akıp gidiyor hiç kımıldamadan

ikimizin yerine dinliyorum
sevdiğin şarkıları
siyah tişörtünü giyiyorum yatarken
gömleklerini, kazaklarını, kokunu
senin rüyalarını görüyorum ölür gibi uyurken
gün boyu elimde kahve fincanı

kapıyı açmıyorum
telefonlara çıkmıyorum
başını bekliyorum geleceği olmayan hatıralarının

Sevgilim,
yetimim benim,
nasıl da kayıtsız gülüyorsun hayata
öldüğünden haberi yok fotoğraflarının

Kasım '98

GECE NÖBETİ

daha az seviyorum seni
giderek daha az
unutur gibi seviyorum
azala azala
aramızdaki uzaklığın karanlığında

geceler kısalıp, gündüzler uzuyor öyle olunca
daha az seviyorum seni
kendini iyileştiren bir yara gibi
daha az
ve zamanla

sen geceyi tutuyorsun, ben nöbetini
uzak dağ kışlalarında
görmüyoruz birbirimizi
usul usul sis iniyor
kopmuş yollara
ışığı hafif, uykusu ağır koğuşlarda üzerini örtüyorum senin
bir çığ gibi uyuyorsun rüyalarımda
sevgilim sevgilim
yıldızları daha büyüktür bazı gecelerin
nöbet kadar yalnızken öğreneceksin bunu da

artık daha az seviyorum seni
unutur gibi, ölür gibi daha az
yeniden ödetiyorum kendime
onca aşkın öğretemediğini
kolay değildi
yalnızca sevgilimi değil, evladımı da kaybettim ben
kaç acı birden imtihan etti beni
bir tek gece vardır insanın hayatında
ömür boyu sürer nöbeti
bu da öyleydi,
iyi ol, sağ ol, uzak ol
ama bir daha görme beni

30 Aralık '98

AYNI BÜYÜMÜYOR HERKES

senden
benim olmayan zamanlarını alıyorum
hatıra defterime

bensiz çocukluğunu seviyorum
kendi kimsesizliğini nasıl severse insan
geçmişinden yeni bir evlat edinircesine
öyle
bir daha bir daha seviyorum
ta ki sen benzeyene kadar
benim tanıdığım, bildiğim yüzü yanık sevgiliye

aynı büyümüyor herkes
sarısabır ışığına tutup
ezberini baştankara ettiğim geceleri
belirsizliğin uçsuz hançeri nasıl susuyorsa içimde
öyle
çelik sürahi ellerim akmıyor içinde çürüdüğü mürekkebe
yazıyla, içini göstermiyor
örümcek ağından şeffaf mürekkep
koyu kapalı kilitli
geçitvermez gündelik yaşamak tunç çiçekleri
ben istemeden çok şey öğrenmiş içim
karasını ezber ettiğim kamunun sığınaklarında
tekrarların kemirdiği
bir hikâyenin işe yaramaz
tekniği, omuriliği

paramparça ediyorsun
anonim solgunluğunda

bir zamanlar benim olan her şeyi

ne hakkın vardı buna?

28 Aralık '98

YALNIZLIK

Ben ne zaman yalnız kaldım, bilmiyorum
Ne tuhaf, vaktim olmazdı
yalnızlığı bunca bilirken
kendimi hiç yalnız sanmazdım
çevremde hep birileri vardı,
ben hep birilerinin yanındaydım
günler belirsiz bir gelecek için neredeyse kendiliğinden hazırlanırdı
aramızda habersiz gidip gelen gündelik armağanlarla
kendi kendini taşıyan bir ırmağın akıntısında hayat
bizi kendi sahillerimize ulaştırırdı
bazı evlerden taşınırdık, bazı insanlar girip çıkardı hayatımıza
bazı mektuplar alırdık, bazı sözler, çiçek selamları
sonraları bazı tanıdıklarımızın ölümleriyle de karşılaştık
elde olmayan nedenler
sudaki halkalar gibi genişleyen
küçük alınganlıklardan büyük dargınlıklara
vazgeçişler, unutuşlar, kayıplar
birbirimizi çok sevdik hep
yıllarla azala azala

şimdi ne zaman yalnız kaldığımı düşünsem,
yalnız olmadığımı kanıtlamak istiyorum kendime
eskiden iki albüme sığdırdığım hayatım,
şimdi sığmıyor eksilenlerle çoğalmış fotoğraflara
telefonun başına geçiyorum
alt alta dizilmiş onca ad arasında seken ömür parçası
gün ölüyor meşgul numaralarla
şimdi ne zaman yalnız olduğumu düşünsem,
şimdi ne kadar yalnız...
yalnız olduğumu anlamam için beni hiç yalnız bırakmadınız.

Ben ne zaman yalnız kaldım, bilmiyorum
her zaman yalnızdım, bunu biliyorum
büyücü ellerimin kara sanatı yazı
en çok ben onardım dostlukları, en çok benim elim dikiş tuttu
bağışlamasız sanırken kendimi
en çok ben unuttum kalbimin benden sakladıklarını
tığla içeri çektim takılmış kazakların ipini
denenmemiş başlangıçları göze aldım,
hafifletilmiş hasarları, görmezden gelinen enkazı
mutfağı beklemek hep bana kaldı
bir şiirden bir romandan bir filmden çıkıp
her seferinde aydınlık bir inat gibi yeniden karıştım hayata
hiç el değmemiş gibi yeniden konuk geldim
odalarınıza, ruhlarınıza
buraya

eski aşklarım neredesiniz? Hepinizi özledim.
Şimdi birdenbire bir köşeden çıkıp bana,
yalnızca, Merhaba, deseniz,
o zamanlar hiç mutlu etmediğiniz kadar mutlu edersiniz,
bir zamanlar bütün ağladıklarımı geri verebilirim size
sağ olun, demek isterim, sağ olun, sağ olun
sanki beni yeniden sevdiniz
ama biliyorum, pis bir yağmur başlıyor, şemsiyem yok yanımda,
yağmurda yürümekten nefret ederken, yürümekte ısrarlıyım gene de
isterseniz, kederdeki bütünlük, diyelim buna
ne kadar ıslansam, o kadar çıkacağım sanki
bir zamanlar çok daha bütün olduğumu sandığım
o yıkanmış zamanlara...

yeni değil keşfine gençlik verilmiş gerçekler
her zaman yalnızdım
kitaplar kadar yalnız
yalnızca yalnızlığımdan gürültücü bir kalabalık yaptım
herkes için farklı aldanışlar kurtarılmış hayatlar yok pahasına

her zaman yalnızdım
yanardağlar kadar yalnız
ey kafiye sevenler,
şimdi beni gökyüzünde bir yıldız sananlar, yanıldınız!

nankörlük etmeyeyim gene de,
yalnızlığımı daha az hissettiğim anlarım oldu yalnız

evimde hep aynı anda çalar telefonla kapı
gene öyle oluyor; hiç yalnız bırakmazlar beni
yalnızlık bilgisiyle çatılmış arkadaşlıkların korunaklı gölgesinde
yalnızlık için çalar telefonlar kapılar
İstersen bana uğra, ya da, Akşama buluşalım, ölmeden yapacak çok iş va

12 Aralık '98

AYNI YAŞAMIYOR HERKES

dipte duran oyun belki çocuğu büyük yapan kilit
cebine sığmayan zamanlar kollayan pusudaki tılsım
kendinden çok kadere benzeyen karşılaşmalar:
ve biri karşınıza çıkıyor...

şiir yazdırmıyor aşk yaşanırken
harf tutmayan tını, neşedeki mürekkep
zamana kendi rengini veren
bütün iyi aşk şiirlerinde iyi zamanlar çabuk geçiyor...

çocukluğumun değnekten atına binip uzaklaşıyorum senden
benden kopup gidiyor nehre kaptırdığım bedenimin bir yeri
büyük denizlere kavuşana kadar
biliyorum eksildiğimi
hayatın rüya dilini öğrenmeye anahtarım yetmiyor
şimdi senden yapılmış bir karanlıkta düşünüyorum da:
hiçbir şey öğretmeyen aşk ne çok şey öğretmiş bana
aynı yaşamıyor herkes
aşkı da, ayrılığı da
birbirini tutmuyor aşk gözü kimsenin
kaçıp gidiyor hayat kayıp bakışmalarla
bazıları vazgeçişlerle büyüyor,
ertelemeler, geciktirmeler, kilitlemeler
üzerinden atlayıp geçmelerle,
bazılarının defteri hayata hiç kapanmıyor

su alıyor defterim
sakin bir tehlike içinde sürüklenirken
beni içine alacak denizin belgesine
iki yanımda akan tek kişilik ormanda tek bir ağaç bile kımıldamıyor
rüyam azaldı, biliyorum az kaldı hayata
aynı hatırlanmayan hatıralarla
usul usul sis iniyor kör bir aydınlığa...

Ocak 1999

KİMSE

zamanı yıllarla tartanlar
yanılırlar
hiçbir şey tartılmaz başka bir şeyle
hatta çoğu zaman kendiyle bile
yaşanır, içini tohuma bırakır
geçer gider
geçmez sandıkların bile

hiçbir geçen tartılmaz kalanla
neyin kaldığını çoğu kez kendi de bilmezken insan
kimse kimse kimse
sahi kimse
ya da hiç kimse
söylediklerimden çok
sustuklarım
seçtiklerimden çok
reddedilmek için
ne kadar varsam
o kadar kimseyim kendime

güç kötü bir şey
kaderken de
kaldıramazken de
güç kötü bir şey
güçlüyken de
güçsüzken de
kaldığın yerden devam etmenin karanlığı
benzemiyor hiçbir çaresizliğe

kimin kaldığı yer var ki dünyada
kaldım sandığın yer
bizden geçendir çoğunlukla
içimizi parçalaya çoğalta
hâlâ gittiğim sona aceleci adımlarla
bütün iş birinin dediği gibi,
yavaşça acele etmek aslında
ölene kadar yavaşla işte
ölene kadar yavaşla
ne başkalaştırırsan o kadarsın
başkalarının imtihanlarından büyük gelecekler umma

çaresizlik bile bizden bir başkası yapmaya yetmez
hikâyemize biçilmiş döngüye katlanırız yalnızca
bir bakıma hiçbir yerdeyiz
bir bakıma yalnızca buradayız
var oluşumuzun ağırlığı altında ezilirken yapayalnız
ait olduğunu sandığın bütün grupların içinde yapayalnız
reddin imkânları sayım kayıpları yoklama kaçakları
sanma ki hayat bizi bekler başka kıyılarda
oysa biz buradayız
halsiz, kanıtsız
yılların neyi tarttığını bile bilmeden
kendi gücümüzün altında azala azala

kollarımız kadar kulaç kalplerimiz kadar sahil
hiçbir adanın almadığı yalnızlarız,
tamamlanmamış haritasında
define ve varlık
geleceğin tarihe dağıttığı kayıplar
bir gün birbirini bulmanın umuduyla

gölgemizle barışmanın uzun yolculuğu: büyümek
kendiyle tanışmayı erteler insan çoğu zaman
hayat yanlışlarla kısalır
başka biri olarak girdiğimiz kapıdan
bir diğeri olarak çıkarız
başkalarını kandırırken kendimizi yanıltırız
içimizi denerken yüzeriz farklı yüzlerle kendi içimizde bile
bu yüzden aşk yalnızca bir fikirdir
bu sefer gerçekleştirdiğini sandığın bir fikir
hep öyle oldu bende
hep saklı kaldı içimdeki anahtar
ve hep aynı kilitte kırıldı
fikirler de zamanla değişir
kırıldıkları yerde
kırıldıkları yer her şeyi değiştirir

zamanla bir şey söylemez artık kırılmak bile
sonra başka bir başlangıcın kapısında
aynı korkularla kalakalırız
daha önce de söylemiştim:
kimse yoktur kimsenin kimsesizliğine
her şiirin gizi başka bir şiirle
kendini açıklar
demiştim ya, hep öyle oldu bende
böyle katlandım kimsesizliğe
o birini ararken bile biliyordum
hiç kimse hiç kimse hiç kimse

11 Eylül '98; Nisan, Eylül '00

AYNI ÖLMÜYOR HERKES

Aynı ölmüyor herkes
Kimi azala azala

Ağaç geleneği temsil ediyor
Oysa hızlı trenler ölçüyor hayatı
Gecikme bağışlamayan adımlar
Çürük terazilerde ağır çekiyor
Başkalarına benzemenin karanlık imkânları
tartıyor içimizi
kendini kemirirken başarıya işaretli yollar, yokuşlara sunulan fırsat
Alçak denklem trapezde genleşiyor
Kanına düşen demir, yüklenen adrenalin, kaçınılmaz adres
Zaman bütün başlangıçları eskitiyor
aynı kalmıyor kimse aynı düşmüyor

Kendini bulmak dünyanın her yerinde zaman alırken
Cunta günlerine verilmiş gençlik
Hayat geri istiyor

Özgürlük dediğin öksüzlüğe kalıyorsun
debisi yüksek nehirler akıp durdu içinde
şimdiki çaresizliğin haksız bir dinginlik
içindeki saf şiir, kendinden hayat yapan toy tedirginlik
yıllara kaptırdıklarını olgunluk sanıyorsun
görünür oluyor dünya yuvarlaklaştıkça
bütün maceraları kuşatan politika
o zaman da biliyordun, şimdi de biliyorsun
yıllarca başkalarının anlamasını beklediğin gerçeklerin
yasını tutuyorsun

su üstünde sektirir gibi
geçmişe fırlattığın taş
bir başkasının çocukluğuna düşüyor
erkekliğin yeniyetmeliği bitmiyor
her yeni aşkla tekrar başa dönüyorsun
o zaman da bilmiyordun şimdi de bilmiyorsun

Aşağılanmanın boy aynasında
Boy ölçüsü alınan cesaret
Hayat birkaç beden önden gidiyor
Kendi gölgende kalıyorsun hep
Kimsesizliğine terzi olmuyor kimse
Neye soyunursan soyun
Memleket kadar giyiniyorsun
Bir bedenin sonunu gören çabuk giysiler gibi
tükene tükene
kendini geçiyorsun
o zaman da biliyordun şimdi de biliyorsun
aynı ölmüyor herkes
teyel yerlerinden kumaş kendini ödüyor
aslına bakacak olursan
kim yaşadığını ne kadar biliyor?

Temmuz 2001, (2003)

DERMAN

Yüzündeki zaman
Söylüyor ayrıldığımızı
Biliyorum, sözcükler sonradan gelir
Anıların direnme gücü erteler kaçınılmaz olanı

Çok zaman önceydi bütün bunlar
Şimdi ne zaman iç çeksem uçurum kanı

Biliyorum, kimse derman olamaz düğümlenmiş koynuna
Biliyorum, yara gibi işliyor her ayrıntı
Biliyorum, çapraz ateş altında
alçıya alınmış günler, saydam saatler
hiçbir şey yetmiyor zamanı aşmaya
Biliyorum, denize baksam seni anlarım

Oysa bilmiyorsun, bir zamanlar ben de âşıktım ona.

Temmuz 2001

AYRILIK PAYI

denizin ayakları ulaşırken kapıma
fırtına olmuş beyaz sözlerin
başka ağızların konuştuklarında

geçmiş şimdiden karşı kıyılar...

amansız olmalıydım, yapamadım
gençliğin yanılmazlığı ya da bir şafağın kararlılığı
kadar kesin...
hiçbiri olmadı...
aşkın aslanı ayrılık payı

dokunmanın doldurulmaz yeri
sızlıyor şimdi aramızdaki boşlukta
sen yoksun, ben yokum
koca bir geçmiş şimdi tek başına
alçak sesle konuşmakta...

Ekim 1999-Mart 2000

PASLI ÇİVİLER

paslı çiviler gibi bakışları
kendine çakılmış uzun bir dünden
gitmiyor hiçbir yere
kalbinin gözlerinden
öptüğü ayrılık
sanki dün ayrılmış
yıllar önce ayrıldığı sevgilisinden

aynı güne düşmez kaybettiklerimizin mevsimi
bakışlarından sökülen izleri
duvarlarda zaman lekeler

yum gözlerini geçmişindeki zehire
kendindeki çivi yazısına artık izin ver

Eylül 2001, 23 Mayıs 2003

HANGİMİZ ÖNCE ÖLECEK?

her yokladığında şiddetle savuşturduğumuz
tetik bekleyen soğuk sancı:

kim önce ölecek içimizden?

kendi zehriyle mühürlü soğuk ter
sustukça çözülen soru

zamanın sağlamlaştırdığı saydamlıkta
arkadaşlıklar: hayat akrabalığı

rastlantıların gizli yasası:
seçimden zorunluluğa evrilmiş
gizli kader ortaklığı

yan yana çatılmış haritalar
birlikte geçilmiş yollar
zamanla adına dostluk denilen
sayıma gelmez nice ayrıntı

hangimiz ölecek ilk
ve ardında kalanlar
nasıl var edecek onun yokluğunu?

hepimizin kalbini birbirimizden habersiz yoklayan
dilsiz kurşun, uğursuz kuşku:
önce kim ve sonra nasıl

sürdürecek eksilmiş toplamı?

içimizden biri ölmeden bilmek
yokluğunun nasıl bir hayat yaptığını

hayat eksiltememişken bizi birbirimizden
ölüm hangimize verecek sırasını?

11 Nisan 2000-Temmuz 2001

ÖLDÜRDÜĞÜMÜZ AŞKLAR İÇİN!

Ziya Yağtu'ya

Bir akşam yemeğinde
Şerefe! niyetine söylenmiş
Fransızca bir sözün yanlış çevirisi:
"Öldürdüğümüz aşklar için!"
İstemediği kadar çok şeyi birden tanımlayarak
Bir zemberek gibi boşalır
İçinde yaşanan ham gerçekliğe
Birbirimizden kaçırdığımız gözlerimiz
Şimdi birbirimizden kaçırdığımız gerçeklerle göz göze
Ne çok karanlık nokta ışığa çıkar
Ne çok şey birden ölür
Kalabalık masaların sessizliğinde, böyle gecelerde,
Bir kahkaha, bir söz, bir bakış
Bekletilmiş ayrılığa ad koyar
"Öldürdüğümüz aşklar için!"
kaldırılan kadehlerde eski zehirler
bütün gücüyle kendini tazeler
sağ kalmak ne mümkün
öldüre öldüre

Bu söz doğru çevirisinden daha güzel, der biri
Aşkın ve şiirin çevirisi olmaz,
diye geçirir içinden bir diğeri
Tıpkı doğrusunun olmadığı gibi
Diz dize gelirsin yanındakiyle
Verdiği kararı duyarsın damarlarında
Yabancı bir kan gibi
Öldürdüğü ilk aşkın sen olduğunu bilirsin
Bir zamanlar senin öldürdüklerinle
Seni öldürenler
Şimdi iç içe

Temmuz 2001

VAZGEÇMENİN RENGİ

vazgeçmenin rengidir kahverengi
giyinirken beni unut
soyunurken unutma

üzerine tuz atılmış kar rengi
seni beklediğim
kendiyle genleşen
noksanlığın tamamlanmaz geceleri
mahrumu olduğum hayat
nice kayıplarla aşk bilgeliği
binlerce neden dururken
vazgeçmenin rengiyle sevdim seni

tılsımını tekrarlayan bir tesadüf gibi
birdenbire anımsadım
gerçekliğinden süzülüp giden
bu şiiri yazarken
tanıştığımız gün üstündeki o takım elbiseyi
7 Mart 2001 gecesiydi
ve ben o gece birdenbire kamaşarak sevdim seni
üstünde bir daha görmediğim o elbise
şimdi bu şiiri yazarken
gözlerimin önünde
vazgeçmenin rengi gibi

peki ne oldu şimdi

Eylül 2001

O YAZIN ŞARKILARI

o yazın şarkıları ikimizindi
şimdi kimsenin değil
biz birbirimizin değiliz
bir zamanlar bizim olan şarkıları
şimdi tek başıma dinliyorum
içim kavrulmadan
kalbin kabullenişi bu
bir zamanlar bizim olan şarkıları
şimdi başkaları söylüyor
kesinlikle tarafsız ve
hiç acımadan

o yazın modasının geçmesini bekliyorum
başka dudaklardan
çok sonra
yeniden baş başa kalmak için onlarla

çok söylenmiş şarkılar gibi susalım şimdi
ve görüşmeyelim bir daha yaşlanmadan

Eylül 2001

BLOOD, SWEAT AND TEARS

inanmak istediği yalanları
göz hizasına yerleştirmekti
bütün yaptığı
apaçık hikâye
dolantılar içindeydi
onun dilinde
gitmek zorundaydı oyunda kaybeden
kalbimi değiştiremedim
evimi değiştirdim kendimle

kayıt düşer gibi
kendimden yaptığım bir stüdyoda
aşk ve kan
ve gözyaşı
akıp gitti
tarafsız ve kimseyi kayırmadan
adından timsah geçen sokaktan

Temmuz-Ağustos 2003

GECE BAŞLANGIÇLARI

bir kerede anlatmak mümkün mü kendini
bir kelime bile etmez binlerce duygu

an'da vururken geçtiğin yolların nabzı
hiçbir şey yapmamakla
çok şey yaşamak arasında
zaman kapatır farkını

gözlerinde açık kalmış rüya eski bir aşktan
fiyakası kadar eski ikilem: kavuşmak için geç, yalnızlık için erken

hangi gün ondurur ödünç sabahı?

çoğaltır başlangıçlar seyreltir ayrılıkları
herkesin gözünün önünde gözlerden ırak

kendi yedeğinde yaşadın hayatın duru intikamını

bu telefon numaram, istersen ararsın
istersen burada kalmasın

hem çok zor, hem çok kolay
vazgeçmeyi öğrendiğin yaşların başlangıçları

1-2 Haziran 2001

HAYATIN KAPILARI

hayatın yüzüme kapattığı kapıları
kalbim şimdi anladı
kaç tuzakta konakladı bu kalp
devamsız hikâyelerde yaşlandı
kaç tane aşk yaptım
yalnızca bir tekinden
zaman aldıklarını
bir daha yerine koymadı
bütün hayatım kulaklarımda
bir şarkı gibi çınladı

başkalarının söylediği...

gece kulübündeydim
sırtımı dünyaya dönmüş
sessizce ağlıyor,
defterime bunları karalıyordum
benden kopmuş bir yazıyla
onca kayıp harf ve okunaksız gürültü içinde
geçmişi dinliyordum
alıntılarla

hayatın kapılarına ilişkin
sarhoş alınganlığıyla şu söylediklerim
daha sonra da yakın geldi bana
onun için buraya aldım

pek oynamadım üzerinde
kalsın, böyle kalsın bu da...

biz nasıl yarım kaldıysak
birbirimizden ve hikâyemizden
bu da böyle kalsın kendi kusurlarıyla

belki bir sonrasında
başka olur her şey
bende hiç dinmeyen
devam duygusuyla

Eylül 2001-Mayıs 2003

YARIM

geceleri yalnız,
yarım yatakların
mezar ayazı
kesik sol kol
susma pahası
suyu çekilmiş kuyu
kör sabır sabit duruş
imânın yetindiği
noksanlığın uğultusu

şimdi çok yıllar geçti
hatırlamak bile eskitiyor insanın içini

kim bilir, kime ne kadar borçlandığımdı
yaralı bir narsiste haram olmak
sonrası acı iman:
kendimi bıraktım intihar eder gibi hayata
usul usul yaşattım onu
usul usul kendimi azalttım
çocukluğumda kırlar geleceğe benzerdi
şimdi hiçbir şey geleceğe benzemiyor
akşamları yatmadan önce saçlarını okşayan bir el yoksa
gün yarım, uykun yarım, yarının yarım kalır
sabahların yaşlı doğar, aydınlığın kısalır

yıl dediğin ne ki, hepsi geçti
yalnızca yarım kaldım

2001

BEN ÇARESİZLİĞİN ELİ OLSAYDIM

ben çaresizliğin eli olsaydım
tutmazdım kimsenin elini

giderdim giderdim giderdim

2003

KALBİMİN DONDUĞU KIŞ

anımsıyor musun, o yıl
uzun soğuk bir kış yapmıştı Istanbul
doğu kadar uzak bir kış
tüm şehir hayata kapanmıştı
günler boyu yağdı kar
kimse evlerden çıkamadı
öyle bir kış görmedik bir daha
öyle kar yağmadı
kalbimin donduğu kıştı o
kalbimin donduğu kış
çözülmedi bir daha
bir daha hiç canım yanmadı
aşk buzul çağları kadar uzak kaldı bana

şimdi anlıyor musun
neden kötü oluyorum
kar yağdığında?

2001

ÖĞRENMEK

bardakların yerini biliyorum artık
tabakların yerini
kirlileri suya tutmayı
çorapları nasıl iç içe geçireceğimi öğrendim
havluları katladıktan sonra nereye koyacağımı
Tori Amos'ın şarkısının ne anlama geldiğini biliyorum
ve senin artık eski sen olmadığını

ben gidiyorum

2001

BİR FİNCAN KAHVE

Çok zaman sonra oturup
bir fincan kahve içebilmeli insan
eski sevgilisiyle
geride bunu bırakabilmeli
yalnız ya da birlikte
çekip giderken
bir ilişkiden

her şey dün gibiyken
yıllar geçti
uzakta
birbirimizden

cam kenarında oturduğum masadan
yüzüme sokağı vuran tülün gölgesinde
düşünüyorum:
yavaş yavaş anıların da terk ediyor beni
gitgide azalıyor
günün birinde
birlikte
bir fincan kahve içebilmenin
sadakati
hayali

neden mümkün olmuyor
ayrılmak
yok pahasına tüketmeden her şeyi

garbage'ın şarkısı:
"cup of coffee"
benim yıllar önce aşkımıza verdiğim
söz gibi, hayal:
yıllar sonra insanın eski sevgilisiyle
hüzün, şefkat ve incelikle bir fincan kahve içebilmesi

neden yıllar sonra bir araya getiremiyor bizi
hüzün, şefkat, incelik ve bir fincan kahve
yalnızca bu kadarına azalmışken
bir zamanlar yaşanan
o büyük aşkın ikindisi

fincanın üzerinden birbirimize bakarken
ikimiz de biliyoruz giden gitti
daha kapıda ayrılacak yollarımız
buluştuğumuz kafeden
kendi hayatlarımıza dağılırken
yine de birbirimizden hatırladıklarımıza değmez mi
o bir fincan kahve
ağzımızda yıllardır zehir zemberek bekleyen

ya da boş ver, en iyisi
garbage dinleyelim ikimiz de
kahvelerimizi içerken kendi evlerimizde

(2001) 2003

AYNANIN ÖNÜNE BIRAKILMIŞ

neden ağladığımı bilmiyorum, diyorsun
çünkü bir şeyler değişiyor içinde
kendini ikna etmiyor düştüğün boşluk
bildiklerin başkalaşıyor gözlerinin önünde
yabancılığı öğreniyorsun

gece söndürür hayalet olmaya yetmeyenlerin ışığını
güçlü olmaya benden daha çok ihtiyacın var
çünkü haksız olduğunu
kalbinin bir yerinde biliyorsun
gündüzün kepenklerinde duyduğun güven,
çelimsiz gölgelerin fısıldadığı
küçük sırlarla büyüyorsun

zamanın ve
aynanın önüne bırakılmış
kısa bir mektup bu
belki çok sonra anlayacaksın içindekileri

ama şimdi okuyorsun

Mayıs-Temmuz 2003

BEN ANIMSAYIŞIN ELİ OLSAYDIM

ben anımsayışın eli olsaydım
tutmazdım kimseyi hatırımda

giderdim giderdim giderdim

2003

KAYALIKLAR

Jilet parçasıydı kayalıklar güneşte an çakıyordu
çıplak gerçeklikti şehrin dışı, dikenli otlar
o yeniyetme delikanlıyı duyuyor musun
çağırır gibi bütün ruhunla
gözlerin otuz yıl öncesine uyandığında
Şemsiler ışıkla boyanır gibi tapınıyorlar
aynı toprakta senin kanınla
ölmeye hazırlandığın kayalıkta
ilk aşkın işaret tadı
nabzında ince kırmızı
Mardin'de Ferdovs yolunda
Sonrası Veysi Kalfa, Gülseren Eczanesi
Sonrası ikinci hayat
Senin hayatın
O gün bu gün
kâğıtta, şiirde, jilet kalınlığında

(2003)

ADRES

çok sonra yazılır
içinde yaşadığın günlerin şiiri
belleği vardır yaraların
kapandıktan sonra da işleyen
hatta aynı kalmayan kişileri
sökülmüş zamana gönderen
zarfı açar ya da kaparken
adres yanıltmasın sizi
kendinden bile taşınır insan
ne sokağın kalbi, ne kalbin evi
yalnızca şiir kendini seyrediyor şimdi

Artık burada oturmuyor bu şiiri yazan

20, 21 Haziran 2003

SIZI

Bir sokak gibi düşünmek hayatı
bizden habersiz gelip geçenler
sonradan
hatırladıkça
bazen
kim olduklarını
bize ne yaptıklarını
hayatın anlamını düşünür gibi
apansız düşünmek
hayatımızda hiç yer kaplamayan
herhangi bir insanı

ne kadar silik, önemsiz de olsa
zamanın geçtiğini bizi hatırlatan
her şey
hatıra sızısı
anlara değerini veren sonsuzluk
ve hayat kadar sıradan

sokağın bir yerinde
artık her hatırayla baş edebilir insan

9 Temmuz 2003

AŞK ve İMZA

Aşk gelecek cümleler eksilecek
ayrılık çoğaltacak yeniden
hayat iki şiir arası
cümlelerden sonra hatıra olacak

bir gün her şey unutulacak
bir gün her şey unutulacak
sokak ile masa arasında
bir imzaya azalacak

zamanın çoğalttığı imza
ölüm karşısında
şiirini söylerken her şeyi saklayacak

11, 12 Temmuz 2003

PLACEBO

kaç hikâyede kıydın kendine
bir aşk için

aşk için söylenmiş bütün sözler yaban
bütün yaralar derin
tekrarlayarak karşılaştırılmaz yaralar
derin

ümitsiz durumlar için
bir yerlerde bulunduğunu sandığın
o birkaç kelime
mümkün mü

dilin ucu bu kadar uzakken sahibine

söz dediğin
ancak yarası birbirine benzeyenlere
sürdürmek için birkaç imkân
uçurum kıymetinde
eksilmek
ne kadar eskitse de

unutulmuş kabuklar
çok eski yaraların izinden
kanamaya başlar yeniden
insanın kendinden bile derin,
çok derin

placebo
teselli yerine geçecek ilacı
birbirine benzemeyen günlerin
kaybolmanın kardeşliğinde
kimse kıyamaz kendi Azrailine
bekler yabanını ellerin

çırpınmak faydasız
nasıl çıkamazsa insan
kendi gövdesinden dışarı
çıkamazsın cezan dolmadan
kapatıldığın aşktan
çünkü aşk hapishanedir
kendini biriktiren
için için ve kendiliğinden
çözülen günü geldiğinde
kilidinden
gün saymayı bilen
kalbin sağlam kanı
sabrın şaman rüyası
bu sefer de hayatta kaldın
eski yaraların izinden

içimizi kazanmak için
içinden çıktığımız enkaz
kendini korumaya kurduğun kale
gününü sayacaksın
cezana benzedikçe
katı, sessiz, zalim
katlandıkça
kendini kateden bir sürekliliğe

unutkanlıkla zenginleşir geçmiş
var oluşa teselli kıymetinde
aşk
uzaklaşır senden benzedikçe
solgun ve diri bir kimsesizliğe
değişir oturduğun ev geçip gittiğin sokak
gerisi hikâye gerisi tarih
gerisi bahane aşka ya da ölüme

2001-2003

BEN BEKLEYİŞİN ELİ OLSAYDIM

ben bekleyişin eli olsaydım
tutmazdım hiçbir aşkın kapısını

giderdim giderdim giderdim

2003

KAYIP PENA

kendiyle yontup parlatır
kendini
kesinleştiren bir elmas gibi
içinde yaşadığımız an
ve onun birdenbireliği

genleşerek yayılır bütün zamanlara
yalnızca bir an
geçmişi toparlayıp
ışığa çıkaran

bir elmas derinliğinde
görünür kılan
şimdi her şeyi

artık bize yabancı birçok halimizin
birbirine karışarak
akıp gittiği zamanların içinden
çekip alır kendini bir an
yalnızca bir an
nice başıboş ve unutkan ayrıntıyı
ışıltısında yeniden anlamlandıran

Yıllar sonra bir kitabın sayfaları arasına saklanmış
olan o kayıp penayı bulduğum,
böyle bir andı

sanki bir pena değil, bütün yaşadıklarımız dökülüverdi
bir kitabın sayfaları arasından
bulunmuşun ışığında yeniden parlayan

Gitarı öğrendiğim ilk pena bu, diyordun. Uğurum.

Ev içinde oradan oraya saklayıp duruyordun. Bir gün kaybettin onu ve nereye koyduğunu bilmiyordun. Bir kayıp, her şeyin adı oldu birdenbire. Her şeyi bir kayıpla açıklıyor, beni ve dünyayı suçluyordun. Senin için ev, yemini avından saklamış bir tuzaktı artık. Kendine ve tuzağına sığamıyordun. Eski şarkılarını beğenmiyor, eskisi gibi çalıp söyleyemiyordun. Küsmüştün gitarına. Sanki hayatındaki bütün olmamış şeylerin anahtarıydı artık o kayıp pena; gölgesi aramızda bir ay tutulması gibi durdukça, azalıyorduk birbirimizden. Sen küstüklerinden ve vazgeçtiklerinden yapılma bir yabancılığa boşalan bakışlarla yürüyordun. Yüzleşmekle kolaylaştıramadığın hayatını bahanelerle maskeliyordun. Hırslarına feda ettiklerinle gün günden uzaklaşıyordun kendinden. Penayı bir bulsan, sanki Eddie Van Halen olacaktın yeniden. Sayıklar gibi arıyordun. Jimmy Hendrix, Ritchie Blackmore, Joe Satriani, Eric Clapton, Pete Townshend, Tony Iommi, Gary Moore, K. K. Downing; ama nereye koyduğunu bir türlü hatırlayamıyordun. Cinnete benzer bir gecede altını üstüne getirmiştin evin. Yoktu. Ertesi gün sen de yoktun.

Her şeyim sende kaldı, dedin çok sonra. Penam da.

Çocukluğunu anar gibi hüzünle gülümsedin boşluğunu benim kapladığım uzak bir dalgınlığa. Yarım kalmış sesin ve gitarınla.

O evden taşındığım günlerde rasgele bir kitabın sayfaları arasından birdenbire kucağıma düştü bu pena.

Bunca yıl sonra, yalnızca bir zarfa koyup göndermek istemedim sana. Bir şiiri olsun istedim. Başın dizlerimde beni dinlediğin günlerdeki gibi bir şiiri, bunca yıl saklandığı bir kitabın içinden düşerken bu kitaba

Ağustos 2003

KALBİMİN GENÇLİĞİ

toyluğum, ses ve öfke
gençliğim, suç ve ceza
Giovanni'nin Odası, suskunluğum
sözün ağır nesnesine devroldukça
anladım oldum duruldum
tamamlanmamış ihtilallerde kaldı
kalbimin gençliği
hızlıydım ağırdım uzundum
yordu, yordum, yoruldum

2003

BEN YORGUNLUĞUN ELİ OLSAYDIM

giderdim
giderdim
giderdim

2003

AYRILIKLAR ÖĞRETTİ BANA

vahşi bir bitki gibi kendi zehriyle çürümeyi
ayrılıklar öğretti bana

yüzümdeki buz buharlanıyor
camların saydam kayıtsızlığında
bakışlarım dalgın çivi, ölü pencere
daha dündü her şey
zamandaki inkâr mı, bendeki yarılma mı
dünyayı bu kadar değiştiren
herkesin gözü önünde
şimdi var oluş kuşkulu,
sessizlik tehlike, anılar cinnet değerinde
yaralı bir hayvan nasıl sığamazsa dünyalara
inanç tazeler gibi
etimden taşıyorum parçalana parçalana

biri öksürecek olsa apartıman aralığında
kapılara fırlıyorum
içimi çarpa çarpa
sonra alt katların birinde kapanan kapı
kopmuş bir halat öylece duruyor yokluğun ağzında

salonun ortasında kara tabut
sessizliğin bütün gücüyle bana bakan
bir ölü kadar kayıtsız, zalim
şu siyah eşya
gün boyu
tuzaktaki bir hayvan gibi bakıyorum
çalsa, çalsa, bir çalsa
bazen başkaları arıyor,
bazen kötü bir şaka ucuzluğunda: yanlış numara
günler, geceler, saatler, aylar
zamanın ne olduğunu en çok ayrılıklar öğretti bana

merdivende ayak sesleri
içimin kapıları açılıyor her seferinde
kimse yok, kimse yok, kimse yok ki,
yalnızlıkta seslerin birbirine ne çok benzediğini
ayrılıklar öğretti bana
sesi taşan radyo, biri kızartma yapmış, erken bırakılmış çöp torbaları,
bazen silinmiş basamaklarda ıslak bez kokusu
yanılmaların ne demek olduğunu da ayrılıklardan öğrendim
zaman gözlerimi değiştirdikten sonra
bir yabancı gibi gördüm
mutsuzluktan bir türlü büyümeyen çocukluğumu
her yıl bütünlemeye kaldığım o uzun yazlar bile öğretemezken bana

ancak yıllar sonra elinden tuttum kendi çocukluğumun
sahip çıktım içimdeki parçalanmaya

sonra ne mi oldu?
hiç, her zamanki gibi
her şey yerini buldu
an etimi dağlarken
elimden tuttu zaman
tenimden sıyırıp aldı yılan gömleğini
bir zamanlar beni kahreden aşkın
en çok ayrılıklar öğretti bana
intiharın hiç değişmeyen ihtimali olduğunu hayatımın

gün günden seyreldi içim
unutmaya başladım
unutmaya başladım
telefon da evdeki herhangi bir eşya gibi
gelip yerleşti gündelikteki yerine
eşyanın zamanla nasıl uysallaştığını
en çok ayrılıklar öğretti bana
kapılar yeniden kapı
basamaklar yeniden merdiven oldular
büyüsünü yitirmiş ayrıntıların ardından
hiçliğe düşmeden anmak geçmişi
her şeye rağmen ayrılıktan önceki kendimize benzemek
her seferinde altın kural, öğrendim:
aşk değil aldanmak kalbin en büyük zaferi
bakmayın bu aşkta boyverdiğine
içimdeki vahşi kederin
kökü bir öncekinde
kendimden budadığım sürgünde
zamanla hiçbir şeyin eskisi kadar acı vermediğini
ayrılıklar öğretti bana

unutmadım hiçbirini, ama yaşlandım

1999-2001

1998-2003

Bu kitapta yer alan şiirlerden, "Sevgilim" ile "Gece Nöbeti", 1999 yılında *Öküz* dergisinin Ocak '99 tarihli 56. ve Şubat '99 tarihli 57. sayılarında yayımlanmış; bu şiirler, aynı zamanda *Doğduğum Yüzyıla Veda* adlı kitabın "Damardan" başlıklı bölümünde; "Yalnızlık" adlı şiir ise, gene aynı kitabın "Herkesin Bir Odası" başlıklı bölümünde yer almıştır.

O güne kadar kitap olarak yayımlanmış ve yayımlanmamış şiirlerden derlenerek özel bir toplam olarak çatılan *Doğduğum Yüzyıla Veda*, 1999 yılının sonunda ilk ve tek baskı olarak yayımlanmış bir kitaptır.

"Kimse", "Aynı Büyümüyor Herkes" ve "Ayrılık Payı" adlı şiirler, *13+1* kutusu içinde yer alan ve on üç kitaplık bu kutu için özel olarak hazırlanmış ilk ve tek baskılık bir kitap olan *Fazladan Bir Kitap* içinde yer almıştır. Diğer şiirlerse ilk kez okur karşısına çıkmaktadır.

Murathan Mungan'ın Yapıtları

Şiir Kitapları

OSMANLIYA DAİR HİKÂYAT 1981, 6. Basım
KUM SAATİ 1984, 9. Basım
SAHTİYAN 1985, 9. Basım
YAZ SİNEMALARI 1989, 7. Basım
ESKİ 45'LİKLER 1989, 7. Basım
MIRILDANDIKLARIM 1990, 12. Basım
YAZ GEÇER 1992, 17. Basım
ODA, POSTER VE ŞEYLERİN KEDERİ 1993, 5. Basım
OMAYRA 1993, 7. Basım
METAL 1994, 4. Basım
OYUNLAR İNTİHARLAR ŞARKILAR 1997, 3. Basım
MÜREKKEP BALIĞI 1997, 3. Basım
BAŞKALARININ GECESİ 1997, 4. Basım
ERKEKLER İÇİN DİVAN 2001, 3. Basım
TİMSAH SOKAK ŞİİRLERİ 2003, 3. Basım
ETEĞİMDEKİ TAŞLAR 2004, 2. Basım
DAĞ 2007
BAZI YAZLAR UZAKTAN GEÇER 2009

Hikâye ve Romanları

SON ISTANBUL 1985, 11. Basım
CENK HİKÂYELERİ 1986, 11. Basım
KIRK ODA 1987, 14. Basım
LAL MASALLAR 1989, 12. Basım
KAF DAĞININ ÖNÜ 1994, 7. Basım
ÜÇ AYNALI KIRK ODA 1999, 7. Basım
YEDİ MÜHÜR, Özel Öykü Toplamı, 2002
YÜKSEK TOPUKLAR 2002, 4. Basım
ÇADOR 2004, 3. Basım
YEDİ KAPILI KIRK ODA 2007
KADINDAN KENTLER 2008, 4. Basım
ELDİVENLER, HİKÂYELER 2009, 2. Basım

Oyunları

Mezopotamya Üçlemesi
MAHMUD İLE YEZİDA 1980, 6. Basım
TAZİYE 1982, 6. Basım
GEYİKLER LANETLER 1992, 4. Basım

BİR GARİP ORHAN VELİ 1993, 4. Basım
KÂĞIT TAŞ KUMAŞ 2007

Senaryoları

DÖRT KİŞİLİK BAHÇE 1997, 2. Basım
DAĞINIK YATAK 1997, 2. Basım
BAŞKASININ HAYATI 1997, 3. Basım

Deneme Kitapları

MESKALİN 60 DRAJE 2000, 2. Basım
SOĞUK BÜFE 2001, 3. Basım
BİR KUTU DAHA 2004, 2. Basım
KULLANILMIŞ BİLETLER 2007
HAYAT ATÖLYESİ 2009, 2. Basım

Diğer Kitapları

MURATHAN '95 1996, Özel Tek Basım
LI ROJHILATÊ DILÊ MIN 1996
PARANIN CİNLERİ 1997, 8. Basım
METİNLER KİTABI 1998, 3. Basım
DOĞDUĞUM YÜZYILA VEDA 1999, Özel Tek Basım
13+1 FAZLADAN BİR KİTAP 2000, Özel Basım
ELLİ PARÇA 2005
SÖZ VERMİŞ ŞARKILAR 2006

Seçki Kitapları

RESSAMIN İKİNCİ SÖZLEŞMESİ 2005 (1996), 3. Basım
ÇOCUKLAR VE BÜYÜKLERİ 2001, 5. Basım
YAZIHANE 2003
YABANCI HAYVANLAR 2003
ERKEKLERİN HİKÂYELERİ 2004, 4. Basım
KADINLIĞIN 21 HİKÂYESİ 2004, 3. Basım
BÜYÜMENİN TÜRKÇE TARİHİ 2007, 3. Basım